CÍRCULO *Luna Parque*
DE POEMAS *Fósforo*

Tradução da estrada

Laura Wittner

Tradução
ESTELA ROSA
LUCIANA DI LEONE

I

11 DEZ RESPOSTAS VERDADEIRAS PARA PERGUNTAS FICTÍCIAS
13 Por que as mulheres nos queimamos com o forno
14 Por que nos dias ruins olhamos fotos de viagens
15 Por que não pode chover nos domingos à noite
16 Por que falamos quando falamos de amor
17 Por que é urgente pegar a estrada
18 Por que os remédios nos traem com o tempo
19 Por que é conveniente ir ler em cafés
20 Por que é preciso se reconstruir toda hora
21 Por que quando gosto muito de uma música preciso imprimir a letra
22 Por que se me derrubam mil vezes me levanto

II

23 O IMPERFEITO É NOSSO PARAÍSO
25 Kayak
26 Poema de amor
27 A um deus desconhecido
28 O táxi para no semáforo
29 Rothkos

30 Domingo ao meio-dia
31 Sombra
32 Bom dia, Kenneth
33 Levanto às 6
34 Mês
35 Iguaçu
36 Iguaçu: diz minha filha
37 You are here
38 Estar em um museu
39 Lendo DL no 108
40 Ampliam fotos em um chat
41 Andam sete quarteirões até o metrô
42 Ficam cegos por um instante enquanto corrigem um poema
43 Provam coisas em um dia de férias
44 Fazem a voz ecoar às 6
45 Interrompem o papo para fazer uma coisa urgente
46 Se inclinam sobre os vasos de planta e confirmam crenças

III

47 TRADUÇÃO DA ESTRADA
49 Mamãe
50 Quinta-feira, noite
51 Tive de novo um limão nas mãos
52 Viramos na Av. Libertador
53 Janta
54 A origem
55 O que é esse livro tão lindo
56 As coisas escuras
57 As coisas frágeis
58 A minha filha gosta do vento
59 De frente para a baía de San Juan de Puerto Rico

60 Desmonte
61 Lembrete vindo da lucidez
62 Filhinha
63 Por Loíza (com Mara e Nicole)
64 Cena
65 Esta tarde
66 Longe de casa
67 Williams e eu
68 Tanta coisa depende
69 Como é que é
70 Meu filho me conta um sonho a caminho da escola
71 Nas viagens o tempo se desdobra:
72 Tradução da estrada

A Juan

I

*DEZ RESPOSTAS VERDADEIRAS PARA
PERGUNTAS FICTÍCIAS*

Por que as mulheres nos queimamos com o forno

Todas temos a marquinha vermelha.
Aqui na mão esquerda, com a que escrevo
tem também minha queimadura de forno.
Se olho fixamente, sobre meu osso rádio
ela se desdobra em três:
se tridimensiona meu pulso
e fechando um pouco os olhos se pode ver
o pulso da minha mãe, o da minha avó
e, em um tranco para a frente, o da minha filha
mordido de mosquitos, encerado e já disposto
à marca da grelha ardente.

Por que nos dias ruins olhamos fotos de viagens

Não para lembrar de nós andando
por esta rua onde as luzes verdes
dos sinais se espalhavam no nevoeiro
e num estrato muito antigo do céu
também a lua fazia seu gracejo
mas para nos dizer: uma vez
dormimos em frente a esta janela
ao lado desse quintal tomamos um café
em um silêncio completo
e uma completa solidão
mastigando este pão integral e estrangeiro
e anotando em caneta verde:
eu sou eu
        eu
            sou eu
                eu
                    sou
                        eu.

Por que não pode chover nos domingos à noite

Troveja e meus filhos estão em sua outra casa.
Primeiro um trovão ao longe,
depois outro mais perto,
um trovão finalmente estrondoso
que retumba em cada quarto vazio
e neste único quarto iluminado
onde trabalho à meia-noite.
Troveja e não tenho quem acalmar
o que por um segundo parece
com não ter quem me acalme. Mas não.
Uma mãe se recompõe rapidamente
mesmo que os filhos estejam em sua outra casa.

Por que falamos quando falamos de amor

Hoje você disse jantar em vez de almoçar;
depois eu disse almoçar em vez de jantar
falando de outra janta, outro almoço.
Os dois dissemos palavras erradas
mas confio que haverá uma solução,
na qual poderemos retomar a trilha
do bem-falar, do bem-estar.

Por que é urgente pegar a estrada

Gritamos tanto nessa curva quase em u!
Tivemos um momento Tivoli Park
na espessa floresta dos quarentepoucos.

Por que os remédios nos traem com o tempo

Esse céu quando atravessei os trilhos
cheio de uma arrogância de nuvens em três planos
sobre outros três de escuridão (a mais intensa
tão opaca quanto o transluzir do meu cérebro)

e esse céu quando atravessei os trilhos
mas o domingo, com um audaz fulgor
que era o sol desenhado, perfurando
uma parede de espelhos de mil andares
compensada, por sua vez, por sombras de árvores
e de outros prédios e de toda
essa penumbra que surge às seis ou sete

teriam que ter sido capazes
de me fazer melhorar um pouco.

Por que é conveniente ir ler em cafés

Se o poema interessar
você se detém nessa página tempo
suficiente para produzir
uma manchinha de café.
Uma manchinha de café
não decodificada
ou com reminiscências
de matagal, de pesponto
de cabeça de rã.
Esta confirmação
da materialidade
pelas próprias mãos
adensa o poema
e enobrece a página.
A 39, para sermos exatos.

Por que é preciso se reconstruir toda hora

Às oito da manhã, sentada em frente ao monitor
escuto varrerem cacos de vidro em um espaço vizinho
auditivamente conectado com o banheiro
mas talvez mais longe por um desses truques
que surgem entre as edificações.
Pedaços inverossímeis de tão grandes
arrastados e chacoalhados por uma pá mecânica
uma pá gigantesca ou melhor de outro mundo
um instrumento da ficção científica
criado para a doméstica tarefa cerebral
de varrer cascalhos e cristais.

Por que quando gosto muito de uma música preciso imprimir a letra

A tinta me fixa sobre uma coisa
e não acho que um dia eu vá me tatuar.
Mais provável eu cantarolar
lendo de uma folha
acompanhada pela voz da galera.
Assim como coloco pedrinhas de gelo no chá
e vejo que elas se dissolvem na espuma
logo depois de trincar e ceder.
Assim como apoio os pés
no limite entre as duas lajotas
ou sobre esta pegada úmida
que vai secando à medida que se afasta.

Por que se me derrubam mil vezes me levanto

Os pátios internos.
Os banheiros e cozinhas com pia quadrada.
Os ambientes semicirculares
com janelões de correr.
Uma cesta de basquete na rua
para que qualquer um arremesse.
O café exato que tudo arrasa
e tudo eleva durante meia hora.
O céu se descolorindo até ficar branco.
A pronúncia de um idioma estrangeiro
me envolvendo como uma atmosfera
carregada de sentidos ocultos.
As conversas com a minha filha na varanda.
As conversas com a minha filha no colchão
atravessado na sala, sem lençol.
A mão do meu filho adolescente
na minha mão quando ninguém o vê
traçando o mesmo carinho da infância.
A memória de todos os carinhos
que deixaram seu desenho indelével.

II

O IMPERFEITO É NOSSO PARAÍSO

Kayak

Do longo dia que passamos juntos
você resgata, um pouco antes de dormir,
o momento em que levou o bote
até a saída da praia
e por fim me empurrou e eu me afastei
remando com seus remos
as mãos acolchoadas pelas suas luvas
a luz minguada pela aba do seu boné.
Gostou né, você diz,
dessa assistência técnica.
E eu, remando de volta,
vi o seu cabelo prateado e desvairado
que surgia da água marrom
como uma luz de boas-vindas.
Quais são as suas leis e quais são as minhas?
Isso sempre vai ser um segredo.
Nada funciona a não ser com faíscas.
Faíscas do cabelo no sol.
Faíscas entre remo e rio
faíscas logo antes
de dormirmos.

Poema de amor

Ainda restam algumas persianas
e esta deixa passar umas sóbrias lembranças
de sol, tipo para que eu possa ler
e você dormir. Minha leitura se dilata
com o som da sua respiração.
No seu sono, que forma
ganha o atrito de quando eu
viro a página?

A um deus desconhecido

Não sei se passou tempo suficiente
mas acho que já posso idealizar
esse concerto de órgão na igreja
que manteve nós dois em silêncio
descansando do calor e da chuva.
No que você pensava?
Você fechou, como eu, os olhos?
Você tinha, como eu, vibrante
na língua o gosto do café?
Eu tirei as sandálias
e apoiei os pés numa almofada
gelada, forrada de corino.
Você deixou cair uma moedinha.
Fez um minúsculo tim-tim e sorrimos.
O órgão nos encantou como serpentes
e por um momento pareceu desenvolver
toda uma série de impressões religiosas
no sentido de algo que podemos chamar
religião: algo que englobe
o amor e a bondade e conduza
diretamente à experiência, esse colchão
concreto que nos dá refúgio e nos sacode.

O táxi para no semáforo

Minha filha dorme.
Estou rodeada pelo velho bairro
para onde não volto faz vinte anos.
Tem uma estrutura quase igual
mas muitos traços mudaram.
O presente não chegou inteiro.
Vou contando sacadas até o sétimo andar
e ali pouso, me permito descansar
por um momento porque sobre essa casa
sei tudo menos quem mora nela.
Minha filha é quase adolescente.
Apoia a cabeça na janela.
Fecha os olhos sem tensão.
O carro arranca.
Quando atravessamos Juan B. Justo
vejo na parede de tijolos,
ao lado da sacada, o duto
do aquecedor Eskabe embutido.

Rothkos

Temos uma vista ampla:
um rio de dois quarteirões de largura
a outra margem imaginada
e a massa fulgurante do céu.
O marrom, o verde e o azul
cumprem com sua dinâmica, sua estática,
sua diluição, sua densidade.
A mente vai se organizando.
"Olhem", "A luz mudou", "Está dormindo?",
"Está com fome?", coisas que dizemos entre nós
para depois voltar às três faixas,
às três âncoras. E de repente
um bloco, um metal inesperado,
com um tamanho de pesadelo:
um barco. Um cinza com branco
que risca tudo. Vai
muito lento de tão silencioso
ou muito silencioso de tão lento.
Os olhos titubeiam, salta
o pensamento já domado.
O que fazer.

Domingo ao meio-dia

Café e pêssegos em uma poltrona no sol.
Este janeiro de luz obsessiva
vai arrebentando nuvens
uma a uma.
Igualmente obsessivo é o jabuti
que abre seu caminho de ida e volta
entre os vasos e a
beira da varanda.
A luz prova sua química
também sobre as minhas pernas.
Essa obscura intrusão da velha catástrofe.
Claro que a divindade está aqui dentro:
paixão de chuva, desejo de nevasca
a atenção voltada para que a rua esteja bem úmida
nas noites de outono. O resto
são estas pernas sob o sol
agora.

Sombra

Desde março estou querendo dizer algo
sobre o pássaro fragata. Agora é junho.
Quando vimos os pássaros fragata
pregados no céu, a princípio
não dissemos nada. Talvez
tenhamos duvidado de nós mesmos
como sempre. Não era verdade
esse contorno de asas
nem era verdadeira a flutuação sonâmbula
e por isso era completamente falso
o suposto pterodactilismo.
Assim foi assim que ficamos:
boquiabertos. Como agora
que em estado de flutuação sonâmbula
e com a boca aberta tento
dizer algo sobre o pássaro fragata
e não sei, e já estamos em junho.

Bom dia, Kenneth

Bom dia, Kenneth, me encomendaram
a tradução de quatro poemas seus
para uma antologia. Você sabe
que venho te lendo picotado
desde mil novecentos e noventa e um.
Mas não, não quero voltar tanto
e nem quero manter
essa musiquinha decassílaba
porque mesmo que você gostasse
da métrica regular
nunca usou nos seus poemas.
Então, vamos de novo:
bom dia, Kenneth,
this is just to say que hoje de manhã
consegui interromper tudo
para te escutar lendo "The Circus"
Você apresentou o poema, leu, depois disse "obrigado"
e aqui na minha casa, em dois mil e dezoito,
fez um bom silêncio apesar de ser Buenos Aires
entrou a luz e pousou sobre o livro
(o que se chama *On the Great Atlantic Rainway*)
e eu com o livro na mão
fui atrás da sua voz
e fugi com o circo.

Levanto às 6

E entre sombras vou para a cozinha.
Ponho água para ferver, encosto em
copos, potes, mexo em coisas.
É nesse momento que sobre a janela
uma luz começa a se produzir.
Não a habitual. Levanto a cabeça
para verificar, mas o que é?
Resplandece algo rosa nos vidros?
Pulam as torradas. Eu me aproximo
da minha filha para acordá-la.
Senta tão lentamente
que me afasto para não agitar seu mundo.
Imóvel, quase sem abrir os olhos
identifica algo que a faz duvidar
ali, atravessando a persiana.
Me olha fixamente. Franze o cenho.
Tem tipo um rosa, né?, a gente diz.

Mês

Dezembro junta todos os dezembros
que se possa lembrar
e junta também brisas e fragmentos
de dezembros apagados.
Tem a densidade de um pão de ló
que o calor fermentou
e deixou alucinógeno.
Então é desconcertante
que seja ao mesmo tempo
o mais leve e frágil dos meses.
Cada dezembro novo
retoma o anterior e o anterior
e tudo o que fomos
desde o primeiro dezembro.

Iguaçu

Primeiro vimos cupins.
Brancos, carcomendo tronco.
Depois, à meia-noite,
quebrou o chuveiro do hotel.
Porque sou a mãe saí entre morcegos
para resolver a parada.
Finalmente vimos mais que toda aquela água
despencando de não se sabe onde
até não se sabe onde com uma força vingativa
que produz vapores e desfiltra em espumas
o pouco que achávamos que tinha filtrado. Ouvimos
esse rumor esfomeado e em cima dele gritamos
e filmamos nosso grito.
Meu filho é um rapaz.
Minha filha tem quase a minha altura.
Se formou um arco-íris.
Se desfez, surgiu com mais definição.
No carro da volta o motorista
nos contou da avó que se jogou com seu netinho
do professor abusador que também se suicidou.
Aproveitou nosso silêncio
para disparar do nada
coisas que não se diz a ninguém.

Iguaçu: diz minha filha

Agora
enquanto esperamos
para entrar no avião
de volta
a água segue caindo.

Agora
quando amanhece
e você prepara meu café
a água segue caindo.

Agora
enquanto tento
resolver o x da questão
a água segue caindo.

E agora
que deixei o livro ao lado
da cama
e já estou quase dormindo
a água também
segue caindo.

A gente viu ela caindo só um tempinho,
mãe,
mas a água segue
segue
e segue
caindo.

You are here

Que bafo milagroso exalam a caneta
e o mapa no papel acetinado
quando o rapaz da recepção
circula exatamente o ponto onde você está
e você diz sim, sim,
desenha aí meu círculo com a bic azul
e me vê sair pela porta
para conquistar um novo quadradinho?

Estar em um museu

Lá fora está quente
aqui não está quente nem frio
o cheiro é o clima
o clima é este ar sem cheiro.
Parada
em um determinado ponto do passeio
diante de uma obra que ocupa uma parede
verifico meu corpo, deixo ele descansar
sobrevoo minha história.

Lendo DL no 108

Cá estou eu:
cinquenta e um anos
cruzando a noite em direção ao centro
em um ônibus vazio
com um livro comprado por engano
que no entanto
por um momento
me explica inteira.

Ampliam fotos em um chat

Meu pai manda fotos de Brasília.
Dois dias depois vemos La Paz
do seu quarto de hotel.
No meio do caminho passou por Buenos Aires
e nos falamos por telefone.
Tudo bem? E o trabalho? E o avião?
Fotos de São Francisco.
Fotos de Honduras. De Vancouver.
Se misturam verde e árido
e em seguida se misturam branco e cristalino
de uma e outra e outra
janela num andar alto. Conheço
Toronto através do seu relato
(ela entrou num poema, a dei por conhecida).
Meu pai viaja a trabalho.
Pelo trabalho que é viver,
meu pai viaja. A gente
fica se sentindo quieto
quase imóvel
tanta agitação paterna
mesmo na casa dos setenta.
Em outro fuso, chegam imagens
e dizemos, tudo bem?
e o trabalho? e o avião?
É certo estarmos
sempre aqui onde estamos?

Andam sete quarteirões até o metrô

Vão meus filhos uns metros à frente. A calçada
se ilumina, decresce, distrai
e tem colunas, a parede, a árvore.
Os irmãos riem das coisas:
das coisas próprias que são coisas do mundo.
Ela o empurra com o braço, ele
retribui com o quadril.
A sacola de cerejas, a leve lemon pie
que pedi para eles levarem já perderam a aura
esbarram as bordas
desafiam os laços
não fazem mais do que quase cair.
Olho suas costas e calibro
essa certeza de que ali vão com tudo:
meu ânimo, minha vontade, meu coração
as frutas e a torta. As crianças
esquecem a fragilidade daquilo que levam.

Ficam cegos por um instante enquanto corrigem um poema

Aonde nos leva esse eclipse
essa estridência súbita de luz
de sol que bate contra luz
de lâmpada. Estava nublado
e estará nublado em dois segundos.
Agora, agora mesmo,
entrou um fulgor e nos abduziu
para certo lugar que nem sabemos
e nos trouxe de volta para nossas cadeiras.
Ninguém contou uma única sílaba
sobre sua viagem.

Provam coisas em um dia de férias

Quisemos alimentar pássaros: voaram.
Jogamos migalhas na água:
os peixes não vieram.
Finalmente sentamos no cais
embaixo de um teto de zinco
onde gotinhas, depois gotas,
depois uma tormenta
foi nos cobrindo com som
até nos alimentar por completo.

Fazem a voz ecoar às 6

Mesmo no temporal
mesmo neste amanhecer escuro
os operários da construção vizinha
brincam aos berros.
Faz dois anos que são existências
meramente sonoras. Agora
o prédio que fizeram surgir
chega até a minha sacada: as risadas
ganham corpos.
Já suspeitava eu
que não era possível serem puro som
aqueles que trançavam tamanha matéria.

Interrompem o papo para fazer uma coisa urgente

Na parte de cima do mundo
estão as amigas emigradas:
heroínas românticas
aventureiras com gorro de pele
mulheres fisicamente poderosas
que quando chega o natal
meu aniversário, as apresentações escolares
em vez de dormir de tanto calor
vão para a porta de suas casas
— o rosto firme pela decisão tomada
os punhos prontos —
nada mais nada menos
que para limpar a neve.

Se inclinam sobre os vasos de planta e confirmam crenças

Plantei a muda e ali ficou:
três folhas rígidas
indiferentes ao entorno
um caule desdenhoso
de olhos fechados.
Quando você saiu para fumar eu me queixei
dessa planta nem viva nem morta.
Tem que ter paciência, você respondeu.
Fiquei esperando uma confirmação.
Você passou a vida
me dizendo que tudo passa
e tudo tem a sua hora.
Passou dezembro, passou janeiro
passou quase todo fevereiro
e o calor e as chuvas
e o calor e as chuvas
e hoje quando saí na varanda
de um cantinho entre as folhas inertes
surgiam outras duas, escuras
conscientes de si mesmas
severas em sua juventude
novíssimas e no entanto já crescidas.
Então, mãe,
era verdade o que você dizia?
Te mandei por WhatsApp
a foto com o broto no primeiro plano.
Você não pareceu surpresa.
Tem que dar tempo a elas,
você respondeu.

III

TRADUÇÃO DA ESTRADA

Mamãe

Tem caroço?
Tem espinha?
Quanto medo
dá o alfinete na costura?
Até onde as mães
devem, para seus filhos, dissolver
os obstáculos, as calcificações
de incerteza, de frio, o incômodo
no mapa, no sapato, as dobras
da meia e o temor no geral,
a ansiedade única, particular
e a outra
que envolve a todos nós?

Quinta-feira, noite

Meu filho mexe os jogadores de basquete
na tela, com o controle.
Minha filha leva os bonecos de playmobil para passear
em uma velha kombi de lego
procedente de outra infância.
As luzes estão todas acesas
e cada uma cumpre sua função
enunciando outra tonalidade;
e todas juntas cumprem a função
de me mandar fazer uma ronda toda hora
para desligar interruptores e repetir a antiga frase
a oração herdada: "Por que
as luzes estão todas acesas?"
Ponho uma música e encho uma garrafa
com água do filtro.
Quando o óleo começa a estalar
viro uma por uma as batatas
porque não deixarei pedra sobre pedra
na busca do perfeito amor doméstico.

Tive de novo um limão nas mãos

É uma coisa tão perfeita de se segurar.
Eu sabia disso? Me lembrava?
Olhem minha mão: se curva espontaneamente
e não sobra nada nela que não seja
limão: frescor, rugosidade, o peso,
o perfume terrível, a acidez.
Não há distância entre a mão e o limão.
Significam o mesmo por um tempo.

Viramos na Av. Libertador

Minha filha diz que ela acha o jacarandá
uma árvore de outro mundo.
Que essa bruma lilás
não pode ser do mesmo plano que nós.
Sempre quis ter
uma conversa assim:
e me acontece justo
com essa menina.

Janta

Vou fritar vocês todos, leguminhos que sobraram,
porque é domingo à noite.
E domingo à noite é este magma
de passado e presente no feriado
de omeletes, de salsichas e de arenques
e pão australiano com manteiga e rabanetes
e sal, de filhos e netos de poloneses
dessa melancolia da infância
imprecisa, melancolia tateante
ensaio de alguma coisa mais definitiva.
Então preparem-se, legumes.
É noite de domingo e tudo frita.

A origem

A Mari

Esse vocabulário aquático mas também ressecado
que inclui dique, açude, cheiro de mate
duas meninas irmãs que olham
o abismo em uma passarela,
o funil de cimento em escala inacessível
de uma represa enquanto tentam apanhar
tudo o que se vai, o que vem
para mais tarde, na banheira e de cócoras
ver a água que cai
sobre o moinho de brinquedo:
plástico que gira na velocidade
dos dez ou doze anos de uma infância.

O que é esse livro tão lindo

O que é isso na sua mão, você perguntou.
E me senti lisonjeada
como se tivesse levado uma cantada.
Knopf, capa dura, 23 x 17;
lombada bordô, de tecido;
sobrecapa com detalhe do retrato
de alguém francês por um pintor francês.
Você dormiu no sofá
me deu um frio e fui buscar
uma manta para te cobrir.
Fazia muito silêncio.
Só se ouvia um tac tac tac:
torci para que fosse do aquecedor.
O frio ficou insuportável
ainda que eu soubesse muito bem
que era a noite de um domingo ensolarado
de meados de setembro
e que algo escapava
por uma fresta não identificada
e que por isso estava com frio.

As coisas escuras

Podem ser densas, com um núcleo profundo:
nesse caso vão pesar toneladas
e irão se depositando
nos sucessivos subsolos da incompreensão.
Ou podem piscar, ser leves
capazes de interromper a luz
sem nenhuma certeza: nem elas sabem o que contêm.
Como quando meu filho levantou o olhar
à noite, para a janela
e perguntou: "Você está vendo isso?"
e eu disse: "Não. Sim. Não sei. O que é?"
e ele me disse: "Algo que está e não está
mas pelo menos você vê também".

As coisas frágeis

A caneta-tinteiro com que escrevo caiu no chão e quebrou.
É a única caneta que me entende.
Era do meu sogro, que também me entendia
e está morto e se não estivesse
de qualquer forma já não seria meu sogro.
Passamos cola, voltei a usá-la
com os dedos suaves de terror
sobre suas rachaduras coladas. Caiu de novo.
Continuo usando mas agora
tem também um buraco no azul
por onde se vê a carga.
Costumava me acompanhar por todo canto.
Não tiro mais ela de casa.
Continua me entendendo.

A minha filha gosta do vento

Tem alguma coisa tentando ser dita
no imenso espaço vazio
de uma praia com ventania.
Na diáspora de areia
entre as estruturas sem lona das barracas
são dadas indicações.
Amélia está em pé
de capuz levantado
e fecha um pouco os olhos
para entender melhor.

De frente para a baía de San Juan de Puerto Rico

Todos os momentos de dor são para jogar fora.
A gente veio por outra coisa.
Pelo lampejo ocasional.
Os momentos de dor
são para jogar fora.

Desmonte

Alguém está pulando corda
alguém está escovando dente
alguém está descendo livros de uma estante
para colocá-los em caixas e preencher as frestas
com ingressos de shows e postais da Córsega.
Alguém digita e assim
chegamos a quatro pessoas
unidas por um fio
e desunidas por outro.

Lembrete vindo da lucidez

Estar lendo Chejfec
de manhã cedo em um café meio vazio
e lembrar que me interessam o mundo
e as representações do mundo
e os pensamentos
sobre as representações
do mundo.

Filhinha

Você abraça a dor existencial
e para combatê-la ofereço ninharias.
Ofereço inclusive a palavra "combater".
Esse caminho que marquei sem querer
mas não para que você percorresse.
Eu joguei areia por cima
e depois serragem.
O que você está fazendo? Não passe
com os patins
que as rodinhas vão despi-lo.
Ou sim, desculpa, pode passar,
o rastro das rodas
aponta mil outros rumos.
Duas lágrimas caíram no chão
mas você já estava pensando em outra coisa:
abaixou para marcar com o dedo
uma palavra que nos fez rir.

Por Loíza (com Mara e Nicole)

Cheirei o ylang ylang
e não soube dizer
de onde vinha tanta felicidade.
Perguntei e me explicaram:
"São essas coitadinhas
só flores". Vi
um chumaço verde-claro
de cabisbaixas serpentinas.
Não era fácil saber
o que era folha o que era flor.
Não sei o que vi: a felicidade
foi o perfume de outro universo
e o som desse nome: ylang ylang
ylang ylang
           ylang ylang.

Cena

O terraço perpendicular à minha sacada
tem uma luz acesa em algum lugar:
o vento sacode a roupa secando
que cria figuras na parede em frente.
No centro de cada cena há uma falha.
Preciso de uma ficção para tudo.
Alguém que me conhece muito bem
deve ter montado este teatro de sombras.

Esta tarde

Fomos tomar café em um lugar
que nos fez sentir estrangeiros.
É que tínhamos visto as vitrines
de mármore branco cheias de chocolates
e fitas vermelhas e formas impensadas.
Falamos em voz baixa
por cima do café denso.
Primeiro, as novidades do dia;
depois, os grandes planos.
À noite fui nadar.
Consegui uma raia vazia
e fui e voltei, atenta o tempo todo
à minha respiração e aos meus desejos
estava sozinha dando braçadas e batendo pernas
em outro líquido denso.

Longe de casa

Somos a ovelha que dorme encolhidinha
no ninho escuro e sólido da cegonha.
E o bem que nos faz.

Williams e eu

Que não existam ideias a não ser nas coisas;
mas enchi as coisas de ideias
até deixá-las tão esticadas
que viram pó
se esbarro nelas com um dedo.

Tanta coisa depende

do texto
com o qual
preenchemos
o trinar
constante
de um pássaro.

Como é que é

De algum modo
uma folha
de um lilás
marrom
bordô
que não consigo descrever
caiu um pouco do lado
um pouco sobre
uma folha
de um ocre
limão
cidreira
que não consigo descrever
um pouco na diagonal
caiu

e não entendi
se foi a sorte
que produziu algo tão exato
porque justo
duas pombas
em uma árvore
começaram a gritar
muito muito
agudo.

Meu filho me conta um sonho a caminho da escola

Eu estava cuidando de um grupo de crianças.
Eram do jardim. Não, do primeiro ano.
Ou do jardim. A escola pegava fogo.
Me diziam: "A escola está pegando fogo".
O fundamental, porque o médio
já tinha se incendiado e o fogo
estava apagando, tinha brasas.
Eu salvava as crianças pequenas.
Mas depois tinha que tirar você
do prédio do ensino médio.
Eu te achava e seguíamos pelo fogaréu.
Até que eu, de repente, não enxergava mais.
Porque meus olhos ficavam embaçados.
E eu te dizia: "Você vai ter que me guiar,
vou de olhos fechados".
Você me mostrava onde pular o fogo
e se tinha que tomar impulso ou não.
Eu pulava e caía em uma água.
Depois estávamos em casa.

Nas viagens o tempo se desdobra:

nascem linhas de linhas,
riachos se perdem e se absorvem
e do absorto nascem fontes; leques
de horas em que cada hora
se abre em leque. Ao voltar,
esse tempo da viagem
é um bolinho jogado em um canto.
De noite, com um vapor fantasmagórico
ilumina todos os cantos.

Tradução da estrada

A silhueta de um cervo pulando
rodeado de luzinhas vermelhas:
"Cuidado:
pode aparecer um cervo
elegante, maravilhoso".

O desenho em preto
da representação
de um floco de neve
sobre fundo branco:
"Pode ser que neve.
E que todos sejamos um floco
flutuando no vazio".

Em 200 metros rotatória.

Em 200 metros um engano
para que sem querer
você passe da rodovia
para a autoestrada.

Em 200 metros chuva.

Em 500 metros posto de serviço.

Em 500 metros ovelhas
sentadas no meio do caminho
depois de pastar.
Talvez.

Em 500 metros você começará subitamente
a pronunciar o castelhano
como fazemos *aquí*
e não *acá*.

Em 1000 metros,
se chovesse, inundaria.
Nessa mesma altura,
em certos meses
o asfalto estará escorregadio.

Em 1000 metros descida
a um povoado cujo nome
ele mesmo é ficção
um povoado de cem casas medievais
sem habitantes à vista
onde você vai tomar
um café tão perfeito
sentada em um balcão
que não vai ter jeito
de esquecer o povoado
nem seu nome
nem seu café.

E em 2000 metros
se você olhasse pra fora
veria florestas diagonais
uma série de múltiplos verdes
que se cruzam e se jogam em rasantes
e formam vales
e você não teria tanta certeza
se aquilo no fundo

são picos nevados
nuvens
ou a sua própria ideia
do que é
ser feliz.

Copyright © 2020 Laura Wittner
Copyright da tradução © 2023 Círculo de poemas
Publicado originalmente em espanhol pela Gog & Magog

Obra editada en el marco del Programa Sur de Apoyo a las Traducciones del Ministerio de Relaciones Exteriores, Comercio Internacional y Culto de la República Argentina
[Obra editada no âmbito do Programa Sur de Apoio à Tradução do Ministério dos Negócios Estrangeiros, Comércio Internacional e Culto da República Argentina]

Todos os direitos reservados. Nenhuma parte desta obra pode ser reproduzida, arquivada ou transmitida de nenhuma forma ou por nenhum meio sem a permissão expressa e por escrito da Editora Fósforo e da Luna Parque Edições.

EQUIPE DE PRODUÇÃO
Ana Luiza Greco, Fernanda Diamant, Isabella Martino, Julia Monteiro, Leonardo Gandolfi, Marília Garcia, Rita Mattar, Zilmara Pimentel
REVISÃO Eduardo Russo
PREPARAÇÃO Flávia Péret
PROJETO GRÁFICO Alles Blau
EDITORAÇÃO ELETRÔNICA Página Viva

A marca FSC® é a garantia de que a madeira utilizada na fabricação do papel deste livro provém de florestas gerenciadas de maneira ambientalmente correta, socialmente justa e economicamente viável e de outras fontes de origem controlada.

Dados Internacionais de Catalogação na Publicação (CIP)
(Câmara Brasileira do Livro, SP, Brasil)

Wittner, Laura
  Tradução da estrada / Laura Wittner ; [tradução Estela Rosa, Luciana di Leone]. — 1. ed. — São Paulo : Círculo de poemas, 2023.

  Título original: Traducción de la ruta
  ISBN: 978-65-84574-85-4

  1. Poesia argentina I. Título.

23-152991   CDD — AR861

Índice para catálogo sistemático:
1. Poesia : Literatura argentina   AR861

Aline Graziele Benitez — Bibliotecária — CRB-1/3129

CÍRCULO *Luna Parque*
DE POEMAS *Fósforo*

circulodepoemas.com.br
lunaparque.com.br
fosforoeditora.com.br

Editora Fósforo
Rua 24 de Maio, 270/276, 10º andar
01041-001 — São Paulo/SP — Brasil

CÍRCULO *Luna Parque*
DE POEMAS *Fósforo*

LIVROS

1. **Dia garimpo**
Julieta Barbara

2. **Poemas reunidos**
Miriam Alves

3. **Dança para cavalos**
Ana Estaregui

4. **História(s) do cinema**
Jean-Luc Godard
(trad. Zéfere)

5. **A água é uma máquina do tempo**
Aline Motta

6. **Ondula, savana branca**
Ruy Duarte de Carvalho

7. **rio pequeno**
floresta

8. **Poema de amor pós-colonial**
Natalie Diaz
(trad. Rubens Akira Kuana)

9. **Labor de sondar [1977-2022]**
Lu Menezes

10. **O fato e a coisa**
Torquato Neto

11. **Garotas em tempos suspensos**
Tamara Kamenszain
(trad. Paloma Vidal)

12. **A previsão do tempo para navios**
Rob Packer

13. **PRETOVÍRGULA**
Lucas Litrento

14. **A morte também aprecia o jazz**
Edimilson de Almeida Pereira

15. **Holograma**
Mariana Godoy

16. **A tradição**
Jericho Brown
(trad. Stephanie Borges)

17. **Sequências**
Júlio Castañon Guimarães

18. **Uma volta pela lagoa**
Juliana Krapp

PLAQUETES

1. **Macala**
Luciany Aparecida

2. **As três Marias no túmulo de Jan Van Eyck**
Marcelo Ariel

3. **Brincadeira de correr**
Marcella Faria

4. **Robert Cornelius, fabricante de lâmpadas, vê alguém**
Carlos Augusto Lima

5. **Diquixi**
Edimilson de Almeida Pereira

6. **Goya, a linha de sutura**
Vilma Arêas

7. **Rastros**
Prisca Agustoni

8. **A viva**
Marcos Siscar

9. **O pai do artista**
Daniel Arelli

10. **A vida dos espectros**
Franklin Alves Dassie

11. **Grumixamas e jaboticabas**
Viviane Nogueira

12. **Rir até os ossos**
Eduardo Jorge

13. **São Sebastião das Três Orelhas**
Fabrício Corsaletti

14. **Takimadalar, as ilhas invisíveis**
Socorro Acioli

15. **Braxília não-lugar**
Nicolas Behr

16. **Brasil, uma trégua**
Regina Azevedo

17. **O mapa de casa**
Jorge Augusto

18. **Era uma vez no Atlântico Norte**
Cesare Rodrigues

Você já é assinante do Círculo de poemas?

Escolha sua assinatura e receba todo mês em casa nossas caixinhas contendo 1 livro e 1 plaquete.

Visite nosso site e saiba mais:
www.circulodepoemas.com.br

CÍRCULO *Luna Parque*
DE POEMAS *Fósforo*

Este livro foi composto em GT Alpina e GT Flexa e impresso pela gráfica Ipsis em maio de 2023. Também seguimos no 108 cruzando a noite em direção ao centro, com um livro comprado por engano nessa cidade plana — e dentro deste outro livro que, no entanto, nos explica totalmente.